# 一個人的快樂 兩個人的幸福

朵朵愛情小語

朵朵——著

朵朵小序——

# 一個人的快樂，兩個人的幸福

你說一個人的日子有時很孤單，所以偶爾你也渴望有另一個人的陪伴。但是你等了又等，什麼人也沒有出現，什麼事都未曾發生。

「愛情真的會來臨嗎？我是不是被愛神遺忘了？」你怏怏地問。

親愛的，愛不會遺忘任何人，只是愛情有它神秘的時間表，總在你未曾料到的時刻出現。

重要的是，在愛情來臨之前，你一個人的日子要過得好，在發光的他出現之前，你要先讓自己發光。

因為，人與人之間都是磁場的吸引，你是一個怎樣的人，就吸引怎樣的人前來與你相遇。你希望遇見美好的愛情，就要先準備一個美好的自己。愛情往往是心與心之間的相互呼喚，看起來的巧遇，其實都不是偶然。

後來，你遇到了那個人，你明白了墜入情網的身不由己，你感到種種喜悅與憂愁、陶醉與迷惘，你常常處在兩極之間的情緒擺盪。

「愛一個人怎麼這麼難？我以為愛情會讓我快樂，但為什麼煩惱的時候更多？」你困惑地問。

親愛的，愛一個人是不容易，每一樁愛情裡都有不同的對待與學習，那帶著你飛向天堂的往往也帶著你沉入地獄。

只請你不要忘記，愛人的前提是要先愛自己，所以，愈是深愛別人，你就愈是要深愛你自己，這才是愛的真諦。

你還要知道，當你喜歡一個人的時候，必然也會喜歡和那個人在一起時的你自己。因為，不論你和誰在一起，其實都只是以不同的形式與自己相處而已。

再後來，你面臨了是否繼續那段感情的抉擇，你的理性雖然已經知道兩人之間有難以跨越的鴻溝，你的感性卻依然留戀著愛情的餘溫，然而那溫度已不能再溫暖你的雙手，你知道與他之間就要走到盡頭。

「究竟該怎麼做？為什麼曾經的美好無法停留？」你徬徨地問。

親愛的，萬事萬物總是不斷地向前流動，愛情也一樣，有它要去的方向。你無法強求，就像無法改變一條河的流向。

而愛本來就無法強求，因為愛本是一種自由。

後來的後來，你有了一段自我療傷的時光。你終於知道，你才是你的世界裡最重要的那個人，讓自己快樂是你最重要的責任。回顧所來徑，你像是看著一齣由你自己主演的電影，其中的喜怒哀樂都是你曾有的心情，如今卻更像是別人的故事。你覺得自己好像一切了然，卻也有深深的失落。

「為什麼愛情來了又走了？是不是我不值得擁有一份恆久的愛情？」你嘆息地問。

親愛的，凡是有開始的，就一定有結束，只是時間的長短與結束的方式不同而已。千萬不要因為愛情無以為繼，就以為生命裡其他的美好也隨之而去。

而且你也明白，不該以愛的結果來論定對錯，因為愛的本身在過程裡就已經完成。

所以就讓該來的來，讓該去的去。你依然是你，你的價值從來不會因為身邊是否有人陪伴而決定。

現在，經歷了一場愛情的旅程，你又回到了自己一個人，你曾經痛徹心扉，如今歷劫歸來，而你心裡知道，自己有什麼地方與以前永遠不一樣了。「那麼，我還會再愛嗎？」

因此，你問我，關於愛情，是不是有一本最適合閱讀的朵朵小語？那麼，親愛的，讓我來為你出版一本以愛情為主題的書吧。

我曾經寫過許多關於愛情的篇章，它們分散在數本小語中，如今都已絕版，或許把它們集中起來，精選出我自己最喜歡的，再重新整理之後，也會是你喜歡並需要的。

這本《一個人的快樂．兩個人的幸福》分成五個篇章，分別是關於愛情的五個階段：期待，開始，過程，結束與重生。謝謝插畫家南君為這本書畫了非常美麗的插畫，也謝謝最貼心的文編婷婷與美編婷婷。是大家一起完成了這第十九本朵朵小語，同時也是第一本朵朵的精選集。

然後，親愛的，我要將它送給你。但願你明瞭愛情的道理，那是必須先擁有一個人的快樂之後，才能擁有的兩個人的幸福。

# 目錄

# 期望


青春日記簿裡飄滿玫瑰香氣的一頁　014
暗戀是你心頭那部反覆放映的電影　015
你要讓自己一個人的日子過得好　016
你希望擁有一場美好的戀情　018
讓自己發光　019
先完整自己　020
以花為榜樣　021
你的等待會讓你擁有美好的愛情　022
你看過幸運草嗎？　023
你的美麗與芳香只為了愛悅自己　024
花需要香氣，你需要勇氣　026
那看不見但確實存在的　027
小綠芽　028
不要為了太喜歡一個人而不喜歡自己　029
愛讓你的心強壯　030
喜歡一個人是對他的讚美　031
告白的意義在於勇敢地表達自己　032
掌握自己快樂的權利　034
可貴的是你在追尋的過程裡所產生的熱情　035
必須用心尋找的東西都值得等待　036
快樂的期待是心想事成的秘訣　037
讓心願實現　038
相信必定實現　039

## 開始

河流交會處 042
在愛人之前先愛自己 043
雪地裡的花 044
當風掀起你額前的髮絲 046
想念是心靈的呼喚 047
在愛裡呼吸 048
喜歡自己是一件比愛別人更重要的事 049
水上的影 050
通泉草 051
你要耐心給一段感情時間 052
轉動他的心 053
在愛裡愛他 054
愛是喜悅地給予 055

喜歡一個人 056
看他的眼睛 058
瞬間即是永恆 059
浴缸 060
水邊的蘆葦 062
展現你真正的樣子 063
可以與別人親密也可以與自己獨處 064
只要你在，快樂就在 065
有愛的同時也要有尊嚴 066
以他所喜歡的方式對待他 067
最珍貴的巧克力 068
別為他牽掛 070
蝴蝶與白雲 071

# 過程


他變了　074
愛情請勿過量　075
優美的眷戀　076
愛與不愛都不要失去了自己　077
人的一生就是向自己走去的過程　078
你必須愛他愛得很自由　079
流星雨　080
從南極到北極　082
第二次離別　083
候鳥與青鳥　084
你就是自己真正的歸屬　086
愛情只有過程　087
使你寂寞的並不是他　088
相聚是偶然，離別是必然　089
讓過去過去吧　090
你是你的世界裡最重要的那個人　091
交錯的光影　092
分離是靈魂的約定　094
愛情是一種生命能量　095
離開翹翹板　096
真正愛過就是一種完成　098
愉快地隨波逐流吧　099

# 結束

人生沒有彩排　102
懂得無常，才懂得相逢與別離　103
失去，其實也是一種得到　104
在夢裡作夢　106
你的價值靠你自己去創造　107
感謝他離開了你　108
來了，又走了　110
不要因為一片烏雲而否定整片天空　111
找回從前的自己　112
放下了他，你才能放過自己　114
繼續思索那段感情沒有任何意義　115
去了的會再回來　116
回顧　117
有他和沒有他　118
清爽　119
緣分都是注定的　120
都過去了　122
遺忘了記得　123
不能留戀　124
微笑去想念　126
真愛必然永恆　127
愛即自由　128
感謝與感傷　129
從愛的受傷裡汲取自我修復的能量　130
恨比愛更不容易　131

# 重生


成為獨一無二的自己　134
從此以後　135
只能釋然　136
也許你念念不忘的並不是他　138
什麼是真的呢？　139
愛情的榮枯法則　140
寂寞與孤獨　141
野薑花　142
你就是自己永恆的愛人　143
有愛的旅行　144
原來如此　145
昨日之鳥　146
明日之夢　147
花的再生　148
時間的夢境　149
總會有陽光　150
寵愛　151
花開花謝　152
心底的月光　154
傾聽自己內在的回聲　155
愛與夢　156
愛的旅程　158

## 當你等待愛的到來

快樂的期待，是使你心想事成的秘訣。
所以，親愛的，耐心地給自己一段時間，
時間必定也會給你一個美麗的答案。

# 青春日記簿裡飄滿玫瑰香氣的一頁

親愛的，很久以後你會明白，在年少時能夠全心全意去暗戀一個人，是一件多麼珍貴的事情，因為這是最潔白的情感，最純美的內在思維，它將是你青春日記簿裡飄滿玫瑰香氣的一頁。

從來沒有開始的戀情，也就是永遠不會被現實磨損的夢境，那些細緻幽微的情意，是寫在清風流水之上的詩句。

後來你會展開一段又一段各式各樣的戀曲，卻不會再有那樣純潔的心境。

很多很多年過去，當你在回憶裡偶然打開那年少時代的暗戀日記，好似在人生的海畔撿到一個美麗的瓶子，裡面珍藏著久遠以前你青春時期的秘密，那時，你將泛起了然的微笑，彷彿與年少的那個自己瞬間相遇。

# 暗戀是你心頭
# 那部反覆放映的電影

你偷偷喜歡著那個人，心中悄悄生起一些波瀾。

你渴望他的了解，卻又害怕被他明瞭。

你心裡有許多煎熬，但除了你誰也不知道。

暗戀一個人，其中心情難以言說。情感這種事，本來就是無法對任何人訴說。

於是，這一切的一切，成為在你心頭反覆放映的一部電影。

因為如此私密，所以你同時是導演、演員和唯一的觀眾。

暗戀一場，就像看完一部電影。其中的喜怒哀樂和悲歡離合，一樣也不少。

曾經有一天，這部電影悄悄在你心中上映。

終於有一天，這部電影悄悄在你心中下片。

最後也許還是什麼都沒發生，但是親愛的，至少你已經享受了一場拍電影與看電影的過程。

# 你要讓自己一個人的日子過得好

你總是一個人迎接黎明，也總是一個人目送黃昏。春天來臨的時候，你一個人經過繁花漫漫；秋天遠走的時候，你一個人路過落葉飄飄。

可是你從不以為這種狀態是寂寞，你只是安於一個人的寧靜與孤獨。

因為你知道，前方永遠充滿了各種美麗的可能；可能有另一個人也正在一個人安然地走過日夜與四季，等待著與你相遇。

而且你明白，在那一天到來之前，你要讓自己一個人的日子過得好。只有時時刻刻都能自得其樂的一個人，才有可能獲得兩個人長長久久的幸福。

# 你希望擁有一場美好的戀情

你許下了一個心願。你希望擁有一場美好的戀情。

你閉上眼睛，在冥想之中把這個心願交託給宇宙，讓整個宇宙推動它全部的力量去執行。

你看見星球與星球的引力牽繫著彼此，你聽見虛空與虛空裡唱和著美妙的聲音。為了你的心願，整個宇宙正在相互傳遞。

然後，你放下了你的心願。

不僅是放下，最好你還把你的心願忘記。唯有如此，它才能脫離開你，發展它自己。

當它在宇宙的遊歷結束之後，它自然會來到你身邊，以你曾經希望的方式回應你。

許下，只是讓它發生。放下，才是讓它實現。你的心願使你懂得不能執著的奧秘。

# 讓自己發光

你需要一段發光的關係來照亮你的人生，而你希望他就是那個為你提燈的人。

於是你就像向日葵追逐太陽，月見草仰望月亮；你渴求他關愛的眼神，以為只有在被他深深凝視的時候，你才是個美好的人。

但是親愛的，一段發光的關係並不只是追求發光的對象，而是在相遇的過程裡彼此互相照亮。

所以，在發光的他出現之前，你必須要讓自己先發光。

不是像向日葵追逐太陽，不是像月見草仰望月亮，而是如煉金師一樣，把自己的心打造成24K的純金，閃閃發亮。

# 先完整自己

你總是期待著一個不可掌握的未來。你以為有了那樣的未來，你的人生才算真正開始。

你總是寄望著某個人來拯救你。你以為只要那個人出現，就能完整你的生命。

因為一心一意期待著未來，你不知不覺架空了現在。

因為一心一意寄望著別人，你不知不覺忘記了自己。

親愛的，你怎能為了期待未來而流失了現在？又怎能寄望別人而流失了自己？這是自甘把寶貴的自己質押在一個虛幻的當舖裡。

你當然可以期待未來，但更重要的是活在現在。

與其寄望別人來完整你，親愛的，你不如先完整自己。

# 以花為榜樣

當一朵花準備盛開的時候，她不會擔憂風和雨，只是帶著深深的喜悅，盡情地綻放她自己。

當你準備好好去愛一個人的時候，一朵花就是你最好的榜樣；她柔軟的花瓣無懼一切可能的打擊，你從她不求回報的姿態中，感覺到那種純潔又天真的力量。

愛是什麼？愛就是一朵花，以她自身的美，為她所置身的世界綻放她全部的芬芳。

# 你的等待會讓你擁有美好的愛情

第一次聽說毋忘我時，你心想，怎麼可能有如此美麗的花名？

多年以後，在某個山邊小徑，有人隨手指著一叢藍紫色的小花隨意告訴你：「看，那就是毋忘我。」

與潛意識裡等待了多年的美麗乍然相遇，你的心裡滿是感動——原來傳說中的毋忘我，是真實的存在。

那麼，在潛意識裡等待著與某個人相遇的你，也要相信傳說中的愛情，是真實的存在。

是你的等待讓你遇見美麗的毋忘我，所以有一天，你的等待也會讓你擁有美好的愛情。

# 你看過幸運草嗎？

你一定看過酢漿草，那三片心形的小葉片，分別代表著信仰、希望和愛情。

可是你看過幸運草嗎？也就是四葉酢漿草，那第四片小葉子，代表著幸運。

據說一千萬株酢漿草裡，才有一株幸運草。

據說擁有幸運草的人，也就擁有了幸運。

但一千萬分之一的機率實在太低了呀，你說。

所以你何不在自己的心裡種植一株屬於你的幸運草呢？

只要你擁有信仰，就一定擁有希望；擁有希望，就容易擁有愛情；擁有愛情，就幾乎等於擁有幸運。

是的，你可以擁有一株珍貴的幸運草，如果你在心裡埋下信仰的種籽……

# 你的美麗與芳香
# 只為了愛悅自己

你在一條野徑上走著，偶然邂逅了一株野生的百合。

野百合以一種清雅的姿態，自顧自地盛綻，自顧自地呼吸著她自身的冷香。

你看著，感到一陣悵惘。你想，這條野徑少有人行，若不是你偶然經過，說不定這株百合將沒有被任何人發現，從開到謝，只是她自己一生孤單的起落，再美再芳香，天地日夜都回應以沉默。

可是，這野生的百合卻是如此自在呢，她不因沒人看見，就減少了一分的美麗。

於是你豁然開朗了。你又想，你也該有這種野生的勇氣，在天與地和日與夜之間，自顧自地盛綻，自顧自地呼吸著自身的香氣。

就算沒人經過也沒人看見，但你和天地日夜都知道，你的美麗與芳香。

也像這株野百合一樣，你的美麗與芳香不為了取悅偶然路過的人，只為了愛悅自己。

# 花需要香氣，你需要勇氣

有一種粉紅色的小花，名叫百里香。

百里香的名字源自古希臘文，意思是勇氣。

就像花兒需要香氣，你也需要勇氣。

愛一個人，做一個決定，努力一個過程，承擔一個結果，都需要勇氣。

也許活著的本身，依靠的也就是這份勇氣。

沒有勇氣的你，一如花兒沒有香氣。

但勇氣充沛的你不必劍拔弩張，你看那百里香的粉色小花多麼含蓄芬芳。

清雅的花香更耐人尋味，百里之後猶有餘香。

勇敢又冷靜的你也會自然散發出一種迷人的味道，那將是你獨特的味道，讓別人念念不忘的味道。

# 那看不見但確實存在的

你說，沒有人愛你。你說，你感覺不到愛。

那麼，風存不存在？

如果你把自己關在一個門窗緊閉的屋子裡，你將感覺不到風。

所以，當你把自己的心關在一個門窗緊閉的屋子裡時，也將感覺不到愛。

有些東西你看不見，但它確實存在，例如風，例如愛。

走出屋子去吹吹風吧。打開心門去感覺愛吧。

重要的是，你必須走出門去。

# 小綠芽

今天是個好天氣，到花市去選一盆可愛的綠色植物，並且把她帶回家。

給她取一個名字。

餵她喝水。

給她陽光。

和她說話。

為她拂去落塵。

就算她憔悴了也不遺棄她。

一年以後的今天，如果她比現在更美，枝葉比現在伸展得更漂亮，那麼，你就通過了愛的考驗，有愛的能力去愛任何一個你想要愛的人了。

因為，親愛的，你以耐心去愛，愛就會回應給你柔軟的小綠芽。

# 不要為了太喜歡一個人而不喜歡自己

他確實是個令你愛慕的對象，但是他其實沒有你以為的那樣完美，所以你在他面前不必那樣自慚形穢。

他確實有他的出類拔萃之處，但是你也有你獨特的氣質，所以當你想起他的時候不必覺得自己處處都不對。

如果因為太喜歡一個人而開始不喜歡了自己，那麼這份喜歡就不值得繼續下去。

如果因為想要得到一份感情卻失去了對自己的信心，那麼這樣的情愫就只是為難了自己。

# 愛讓你的心強壯

當你的心受傷，不禁對愛失望。

於是你試圖為自己築起高高的圍牆，牆上還裝了通電的鐵絲網，警告別人不准進來，你自己也不願出去。

這樣確實很安全，但是，有什麼樂趣？

拒絕愛與被愛的人生，只會被恐懼封閉。縱使屋子裡掛滿華麗的吊燈，心裡也是萬古長夜。

愛是一把燃燒的火光，力量強大得可以夷平圍牆。

親愛的，用這股力量來照耀自己吧。雖然你可能在愛裡受傷，卻也是愛讓你的心更強壯。

# 喜歡一個人是對他的讚美

你明明喜歡那個人，卻隱藏著自己的情感，不敢讓那個人知道。所以在他面前，你常常為了掩飾真正的自己而施展不開，只覺得四肢僵硬。

其實，喜歡一個人，是對那個人的讚美。有誰不喜歡得到讚美？又有誰會因為被讚美而生氣呢？

如果那個人竟然為了你喜歡他而刻意疏遠你，你只能尊重他的決定，因為他必定有他不得不的理由。

因此，你就勇敢地讓他知道吧。讓他看見真正的你。

許多事情，寧可因為做了而悵惘，不要因為從來不曾嘗試而懊悔。

# 告白的意義在於勇敢地表達自己

對一個人告白，表示送給他一份最珍貴的心意。

如果他值得這份告白，那麼無論他接不接受你的愛意，都會珍重這份心意。

若是他冷漠以對，雖然你會傷心，卻更該感到釋然，因為那樣你就可以趁此放下對他的懸念了。

告白的意義，不在於對方是否接受你的情意，而在於勇敢地表達自己。

所以，當有人對你告白的時候，無論你是否決定與他在一起，都請你肯定他的眼光，並且欣賞他的勇氣。

# 掌握自己快樂的權利

你很喜歡他，所以你一直以為，如果有一天，他也能像你喜歡他一樣地喜歡你，你就會變成世界上最快樂的人。

是的，他確實是個很值得愛慕的人，但為什麼你要等他也來愛慕你了，你才要開始快樂呢？

這樣不是減少了讓自己快樂的時間嗎？不是把快樂放逐到一個不確定的未來去了嗎？更重要的是，不是把自己寶貴的快樂的權利交到別人手上了嗎？

親愛的，他雖然很優秀，但還沒有優秀到有權利決定你快不快樂。就算是真正的國王，也不能頒發子民的快樂。

快樂的奧義在於，你要掌握自己快樂的權利，而不是等待別人的賜予。在心靈的國土上，你就是自己唯一的國王。

# 可貴的是你在追尋的過程裡所產生的熱情

你一直在追尋一個人，一樣東西，一種狀態。

因為追尋產生了高度的熱情，使你的生命和心靈維持了高能量的運轉。

然後有一天，你可能實現了你的夢想，那樣很好，因為你終於可以嘗嘗站上頂峰的滋味。

然而你也可能始終得不到你想得到的，那樣也很好，因為這樣你就永遠不會有得到以後隨之而來的厭倦。

最可貴的不是你所追尋的，而是你在追尋的過程裡所產生的熱情。

所以，親愛的，不論結果如何，你都應該這麼想：得到了，是一種幸福；永遠得不到，也是另一種幸福。

# 必須用心尋找的東西都值得等待

你聽說在某個地方有一片開滿紫色玫瑰的花園，告訴你這個訊息的人並且給了你一張地圖。

於是你滿懷期待，出發去尋訪傳說中的紫玫瑰園。

你歷經辛苦，遍嘗挫折，還是找不到那片花園。最後，你不得不黯然心想，關於那片紫玫瑰園的傳說，恐怕只是一個玩笑，或是，一場騙局。

啊，親愛的，看看你在尋找之路上的收穫吧，雖然你沒能找到那片紫玫瑰花園，卻發現了許多條清幽的小徑，以及小徑上可愛的野花。

那片紫玫瑰花園或許並不存在於你手中那張虛假的地圖，卻可能存在於這個地球的某個角落。

愛情不也如此？一定有一個人在這個地球的某個角落，等著與你相遇。

而一切美好但必須用心尋找的東西，都值得你繼續去等待，然後，證明它的存在。

# 快樂的期待
# 是心想事成的秘訣

如果你正在期待某件事的發生，就要相信那件事一定會發生，因為是你對自己的信心，使你的期待從想望變成真實。

如果你只是期待，卻覺得你所希望的大概不可能實現，那麼你最好趁早放棄你的期待，否則它就只是一個讓你不快樂的習慣。

快樂的期待，是使你心想事成的秘訣。所有發生在你身上的一切，都是你的意念的結果。

所以，親愛的，耐心地給自己一段時間，時間必定也會給你一個美麗的答案。

# 讓心願實現

你的頭腦總是在判斷、分析與計算，你的心卻不停地在期待與呼喚。

你的心低聲嘆息：「我渴望得到一份無怨無悔的愛。」你的頭腦卻大聲質疑：「但是這個世界上根本沒有真愛。」

於是，你的心與頭腦爭吵，你的期望與信念打架，而你人生當中所有的矛盾、衝突、自我干擾與爭戰也隨之而來。

你並不喜歡這樣。你覺得這樣好累。

那麼，就放掉頭腦，讓心去做主吧。

那麼，就試試看什麼也不想，只是用心去感受吧。

親愛的，讓你的頭腦與心意達成協議，期望與信念合而為一。唯有如此，你心裡的呼喚才能被聽見，你所期待的才能被實現。

# 相信必定實現

你有一個心願。你盼望著它實現。可是事情的發展似乎停滯不前。

親愛的，不要灰心，因為你看見的只是事情的表面。人世間的一切永遠在默默地變化。所以，愈是強烈的盼望，愈值得以耐心等待；愈是珍貴的心願，愈需要給它成形的時間。

千萬別讓沮喪和失望消滅了你的意志。在這個世界上，最巨大的力量就是愛與信念，你所相信的，必定會實現。

# 開始
## 當你遇見另一個人

當你喜歡一個人的時候，
必然也會喜歡和那個人在一起時的你自己。
不論你和誰在一起，
其實都只是以不同的形式與自己相處而已。

# 河流交會處

印度有一句諺語是這麼說的：「一切河流交會處，都是神聖的。」

人與人之間的交會，也絕非偶然。

雖然你並不知道是基於什麼樣的緣分而和他人相遇，但善待出現在你生命中的每一個人，並且衷心感謝這個緣分，就是美好的開始。

把自己當成一條河流吧，輕快地向前流去，不要懼怕任何可能出現的險灘與亂石，也不要擔憂所有支流帶來的沖激。

並且要相信，流程裡所將經歷的一切，都有它們的啟示與目的。

然後，你會奔向一個美麗的海洋。

# 在愛人之前先愛自己

年輕的你默默地喜歡著一個人，不敢表達自己的心意。單方面的愛情是如此磨人，像一種內在灼熱外在卻冰冷的高燒，令你魂不守舍，心裡眼裡只有對方的身影。

但是親愛的，退燒的解藥其實不是他，而是你自己。你必須學會如何與自己獨處，懂得如何讓自己快樂。你必須使自己成為一個很豐富的人，明白自己的價值。

那麼總有一天，你曾經暗戀的他，會因為你的獨特與自信而被你深深吸引。

到那時，或許你依然喜歡他，或許你對他早已不在意，但親愛的，無論如何你已經知道，在真正的愛情來臨之前，你先要好好去愛的那個人，就是你自己。

# 雪地裡的花

你喜歡溫暖與親密，但是你也需要寧靜與孤獨。

與他相聚時，你彷彿來到春天的原野，眼前含苞的花兒一朵接一朵開了，而你們緊握彼此的手，微笑地一起享受彌漫在兩人周圍的芬芳。

一個人獨處時，你則好似走入白茫茫的冬日冰雪，沒有人陪著你一起賞花，可是啊，你的自身卻成了一朵花。

雪地裡單獨綻放的花，這是只有你一個人時才能欣賞的美景，而那寂靜的幽香，也只能為你一個人綻放。

# 當風掀起你額前的髮絲

據說，當迎面而來的風掀起你額前的髮絲，就是遠方有人正在想念你的時候。

從南極到北極，從西經到東經，因為大氣的流動，使整個地球成為同一個空間。

而大氣的流動，就是風的流動。所以起風的時候，就是彼此想念的人們心意相通的時候。

於是風中的你總會想起那個遠方的他，並且託大氣的流動，把你心裡要說的話帶給他。因為風的緣故，他會接收到你所要傳遞的訊息。

這時，迎面而來的風，也將溫柔地掀起他額前的髮絲。

# 想念是心靈的呼喚

寂靜的夜晚，你總是特別地想念。

想念一個人，一段往事，一種時空，一場相遇。

你並且總是猜測著，那個人是否也正在想念著你？相隔兩地的你們是否正在凝視著一樣的明月？

你的心思幽幽遊蕩，想像著他想念你的時候，臉上的表情會是什麼模樣。這樣的想像，使你不禁泛起笑意。於是，相隔兩地的你們都有了一樣溫柔的表情。

想念是一種超越千山萬水的心靈呼喚。因為聽見他的呼喚，所以你想起了他；因為聽見你的呼喚，所以他想起了你。

寂靜的夜晚，呼喚的聲音總是特別地清晰，因此，你總是特別地想念。

# 在愛裡呼吸

看不見他，你擔心他沒有在想你。看見了他，你又怨惱他的表現不如你預期。

你總是抽絲剝繭著他的某一句似乎不太中聽的言語。你總是在顯微鏡下解剖著他的某一個似乎不怎麼在意你的表情。

親愛的，你確定你是在談戀愛嗎？如此患得患失，倒像是在進行一場緊張兮兮的保密防諜任務呢。

愛情原本應讓你感到甜美與豐盈。如果對你來說，愛情只有憂慮不放心，那麼，也許是你錯待了對愛的期許。

當你全部的心思都繫在愛人的身上時，你就被那條叫做「執著」的繩索綁住了，而你無法掌握它，只是窒息了自己。

唯有懂得放下，你才能真正擁有。

唯有解開對自己的束縛，你才能呼吸愛的氣息。

# 喜歡自己
# 是一件比愛別人更重要的事

因為對他偷偷產生好感，所以你擔心，或許你不是他喜歡的那型。一旦被這個念頭佔據，你就開始嫌棄自己的長相和髮型，甚至不滿意自己的血型與個性。

透過虛幻的他人目光檢視自己，你將看不見真正的你，只會在不安的想像裡，對自己充滿精細且刻薄的挑剔。

這樣的你，鬱鬱不樂，能量低迷，怎麼會有自信？

所以請記得，永遠都要以自己的目光接納真實的自己，就算你不是他喜歡的那型，至少你是自己喜歡的這型。

喜歡自己是一件比愛別人更重要的事，也只有當你發自內心的愛著自己，別人也才能看見發光的你，並且喜歡你的型。

# 水上的影

因為太喜歡，反而難以親近。
因為太在意，反而故意遠離。
當你的心上有了他的名字，你的整個世界就悄悄化為一片水澤，到處都是他揮之不去的倒影。
心上的人，水上的影，若有似無，虛幻迷離。
你以為你看見的，往往只是你想像中的。
你以為你知道的，可能是與對方完全無關的。
也許你從未愛上那個人，雖然你用情這樣深。
也許你一直愛著的，只是愛情本身。

# 通泉草

只要看見通泉草，你就知道附近一定有水源。
只要想到那個人，你就會有一種溫柔的感覺。
只要打開某本書，你就可以在喜悅裡安頓自己。
只要痛哭一場後，你的眼睛就會比以前更清明。
只要過了混沌的夜，你就會看見黎明的曙光從窗前升起。
萬事萬物都已經默默地被安排好了秩序，一切其實不必擔心，就像通泉草總是生長在指水的野徑，就像指水的野徑總是通往著你清泉一般的心。

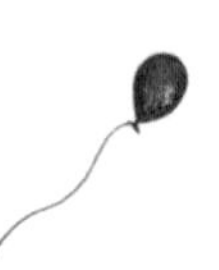

# 你要耐心給一段感情時間

耐心等待一段初生的情感，像等待一串還沒成熟的葡萄。等著陽光為它加溫，雨水給它滋潤，等著每一個發光的白晝藉著蜂蝶的耳語帶來思念，等著每一個靜默的夜裡讓美夢增添它的甜度。

這樣，當採收的時期來臨，你才能嘗到那沁人的滋味。

所有的成長都需要等待，一串葡萄如此，一段感情亦然。該等待的時候等待，該採收的時候採收。親愛的，你要耐心給一段感情時間，它才會傾心給你回報。

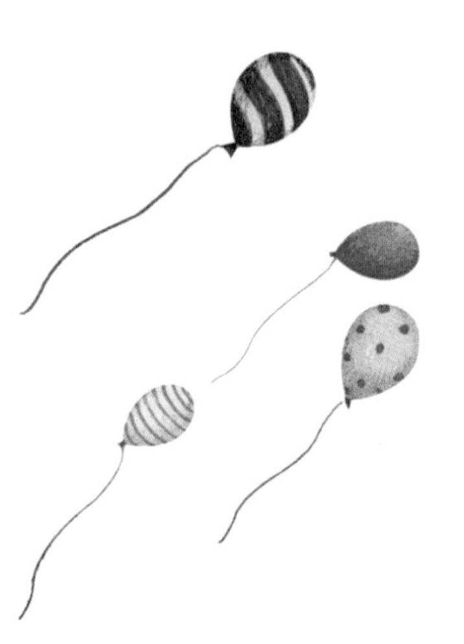

# 轉動他的心

你有一大串鑰匙，但是能開啟你家大門的，只有一支。

準確。合宜。輕巧。這支鑰匙總是能悄悄地轉動大門的鎖孔，然後大門就會輕嘆一下，應聲而開。

其他的鑰匙都辦不到，它們在鎖孔的外層就卡住了，因為它們並不了解門的心。

所以，親愛的，如果你想進入那人的內在，如果你希望他能向你敞開，唯一的辦法只有了解他的心，當他的鑰匙。

準確。合宜。輕巧。這是成為一把好鑰匙的必備條件。如此，你才能悄悄地轉動他的心，他原本緊閉的門也才會因你而開。

# 在愛裡愛他

為了愛情，你輾轉反側，茶飯不思，整個人神魂顛倒，一顆心飄飄蕩蕩。

你嘆息著說，愛一個人，快樂有多少，痛苦也就加倍有多少。啊，親愛的，愛與愛情，其實是完全不一樣的兩種狀態呢。

看見他聽見他，你才快樂安心，沒有他的訊息，你就恍惚失意；你對他好，也希望他回報你一樣的好，甚至更好；這是愛情。

他在不在你身邊，你心裡都有溫柔都有暖意；即使他最後選擇和別人在一起，他的未來已經沒有你，你也衷心祝福他過得好；這是愛。

在愛情裡迷戀一個人，你就在執著裡迷了路。

在愛裡愛他，你才能像風一樣自由地來去。

# 愛是喜悅地給予

愛是什麼呢？常常，你會思索這個問題。看到路旁那排美麗的楓香樹了嗎？那些在風中翻飛的葉片，多麼像是小小的手掌啊。無數的小手同時揮舞，彷彿在說：嗨，需要我給你一個愛的鼓勵嗎？

當天氣漸漸轉冷的時候，因為發自內心的熱情，楓香樹也漸漸轉紅，成為寒風中一幕溫暖的風景。

愛是什麼呢？親愛的，愛就像路邊的楓香樹一樣，不是委屈的付出，而是喜悅的給予。

# 喜歡一個人

喜歡一個人，不該像一朵花掉在泥塘裡，不但拖泥帶水，眼角含淚，而且還讓自己化作了塵灰。

喜歡一個人，要像一片葉子飄在風中，輕盈地悠遊，自在地翻飛，愉快地感覺那種美好的滋味。

只因為世界上有這麼一個人的存在，所以當你想起他的時候，心裡就有說不出的安慰。

只有祝福，沒有期待。喜歡不求回報，不必頻頻自問對不對。

至於他是不是也喜歡你，無所謂。

# 看他的眼睛

對他說話的時候，請你看著他的眼睛。

言語常常有許多模糊不清的曖昧地帶，可是眼睛不會說謊。言語往往是誤解的開端，可是眼睛不懂隱藏。

不敢、不願或不能看著對方的眼睛，來自心底的不安。

但是心為什麼會不安呢？是不是因為不想說真話？

所以，如果他對你說話的時候眼神漫飄，那麼那雙眸子後面可能掩藏著虛假。

只有交換彼此的視線，才能交換誠摯的語言。

親愛的，只有眼睛對著眼睛，才能心對著心。

# 瞬間即是永恆

「如果你覺得我的眼睛很美麗，那是因為它正在凝視你的緣故。」有一首情歌的歌詞，說明了兩情相悅的動人之處。

無限縱橫的時空之中，兩個移動的點瞬間交會，而愛情竟然在這剎那之間發生了，威力有如兩個星球一起爆炸產生的光芒與火花。若這不是奇蹟，那會是什麼？

奇蹟無法預測，不能製造，沒有線索，只有當它發生的時候，你才會知道。

然而奇蹟也僅在瞬間，當它消失的時候，所有的光芒與火花同時熄滅，你只能接受它的結局，靜觀它的終了。

它的來臨與離去，都不受制於人的意志，而屬於神的安排。

但這樣的奇蹟畢竟曾經照耀過你的生命，親愛的，瞬間即是永恆，美過就已足夠。

# 浴缸

你躺在浴缸中，像躺在情人的臂彎裡。

你很喜歡這個浴缸，它的弧度十分適合你，讓你覺得舒服、自在，讓你放鬆，讓你可以完全袒露自己。

在這個浴缸裡，你以熱水為被，任熱氣蒸騰，而你在白茫茫的霧中冥想，隨輕飄飄的煙一起飛升。這是你和自己在一起的一刻，你所鍾愛的一刻。

而你心目中的理想情人，也只是這樣而已，他的存在應該讓你覺得安適，讓你可以向他袒露最真實的你自己，毫無掩藏或偽裝；你們的相處應該是肢體的放鬆，心靈的飛升；而且，與他在一起的那種舒服，應該就像與你自己在一起一般。

如果他就是那個人，那麼當你躺在他的臂彎中時，你將會覺得就像躺在你的浴缸裡一樣自在。

# 水邊的蘆葦

無論是愛或被愛，都不該失去一個人最可貴的自由與尊嚴。

所以，親愛的，雖然你愛著他，但不要以為他就是你的全世界。

你們就像是水邊的兩株蘆葦，風來時，輕輕相遇，盡情地微笑與私語；風停時，各自獨立，各飲各的水，讓一切悄悄平息。

然後，等待下一次的風起。

水邊兩株蘆葦的關係，是自在的關係。從容的關係。行雲流水的關係。也是隨時可以深入與結束的關係。

而這樣的關係，才是可長可久的關係。

# 展現你真正的樣子

當你喜歡一個人的時候，必然也會喜歡和那個人在一起時的你自己。

他讓你可以展現你真正的樣子，所以在他面前，你沒有恐懼，不必假裝，無須掩藏。

那種自在，就像落葉在風中翻飛，白雲在空中悠遊，也像小溪唱著歌往前奔流。

和他在一起，你們什麼事都可以做，什麼話都可以說。

即使什麼事也沒做，什麼話也沒說，只要在他身邊，依然有靜默的喜悅像山中清泉一樣從你心底汨汨湧出。

因為他的存在，你感覺到自己的存在。

因為感覺到自己的存在，你明白了愛。

# 可以與別人親密
# 也可以與自己獨處

你的心在哪裡，你的世界就在那裡。

所以，如果你正在觀賞一朵花，那朵花就是你的世界的主題；如果你正在閱讀一本書，那麼你的世界的主題就是那本書。

可是，當你愛著一個人的時候，卻不應該把那個人當成你的世界的主題。

在相聚中，「親密」是主題。在別離後，「獨處」是主題。

親愛的，不要為了取悅另一個人而把自己的世界交付出去。可以與別人親密也可以與自己獨處，這才是愛情的主題。

# 只要你在，快樂就在

和他在一起，你覺得很快樂。

可是在這樣的快樂之中，你也有隱隱的恐懼。恐懼有一天他可能離開你，你也就不會再快樂了。

於是你無法放心享受與他在一起的快樂時光，於是你總是分心去預支離別來臨的憂傷。

然而決定你是否快樂的人，只是你自己，從來不是別人。是你的心裡先有了快樂的感覺，才能在與別人的互動中產生愉悅的對應。

而且，不論你和誰在一起，其實都只是以不同的形式與自己相處而已。

一旦你讓自己成為快樂的源頭，那麼，親愛的，只要你在，快樂就在；不會因為他不在，快樂就不在。

# 有愛的同時也要有尊嚴

愛一個人，要以他喜歡的方式對待他。

但是，如果愛他的方式卻成了不愛自己的方式，那麼這樣的愛也就太卑微了。

卑微的愛最後只有兩種結果，若不是怨恨自己，就會是怨恨對方，這不但背離了愛的初衷，而且美好的感覺再也無法回來。

若愛他的方式正是愛你自己的方式，那麼這樣的愛才是可長可久，才能生生不息，才會心心相印。

愛他的同時，也要愛自己。有愛的同時，也要有尊嚴。

親愛的，不要為了愛一個人而賠上自己的尊嚴，因為，一旦失去了尊嚴，也就失去了愛。

# 以他所喜歡的方式對待他

一開始的時候，你為什麼被他吸引？是他幽默的談吐、出色的才華、迷人的外表，還是他穿衣的品味？

後來令你發自真心喜歡他的，又是什麼？是不是他對待你的方式？

兩個人之間若能長久相處，往往不在於彼此擁有的條件，而在於相互對待的方式。

畢竟，再怎麼優秀都是一個人的事，如何對待彼此才是兩個人之間的事。

所以，親愛的，你若是希望能和那個人成為長長久久的朋友，就請你以他所喜歡的方式對待他。

# 最珍貴的巧克力

你知道嗎？有一種巧克力在冬天製造，春天來臨之前必須吃完，因為它的賞味期限特別短暫，所以也就令人覺得特別可口；亦因為它是限量製造，所以也就令人覺得特別珍貴。

如果你了解愛情其實也有賞味期限，也是限量製造，你還會把大量的時間浪費在嫉妒、控制、猜疑、賭氣、冷戰、熱吵……這些負面的情緒上嗎？

愛情像是最珍貴的巧克力，應該趁著新鮮，好好享受那份美味。

愛情總是因為那些負面的情緒而失去原有的甜味，所以嗜甜的你，千萬別讓這個甜蜜的愛情季節白白地過去了。

12
1
2
3
4
5
6
7
8
9
10
11

# 別為他牽掛

你遇見一個人。你喜歡他。你把他放在心上，卻不必為他牽掛。因為他是他而你是你。因為他有他的天空而你有你的海洋。因為心靈相依的兩個人本來就不必時時刻刻在一起。因為想念著他的你本來就應該給他也想念你的距離。

許多時候，你需要他的來臨。
卻也有許多時候，你更需要他的缺席。
當你們在一起的時候，只需要單純地感覺那份明淨美好。
當你們不在一起的時候，就讓穿過天堂的風在你們之間穿梭舞蹈。

# 蝴蝶與白雲

就像凝視一隻蝴蝶美麗的飛舞，或是靜靜看著白雲從你的窗前緩緩飄過所感受到的那種幸福，當你愛著一個人的時候，你的心裡很清楚，只有愛的感覺是你的，但是你愛的那個人並不是你的。

你把他放進你的眼中和心底，卻不能把他放進你的手裡。愛的目的不是為了兩個人的窒息。

你無法擁有他，更千萬別讓對他的那份懸念擁有了你。

所以就把對他的愛當成一場蝴蝶與白雲的相遇。來去之間，他還是他，你還是你。

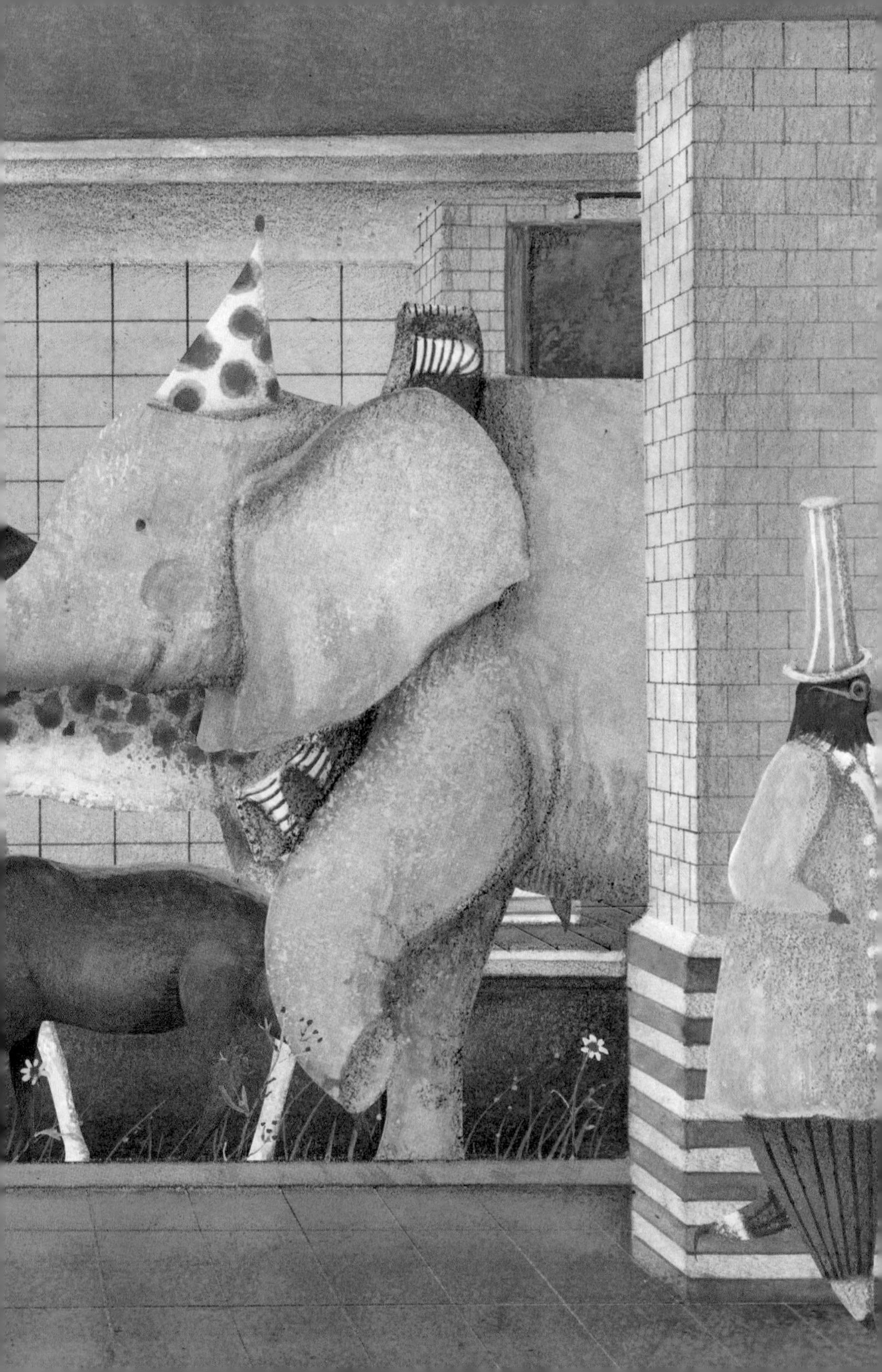

# 過程

## 當你為了他而快樂或悲傷

讓該來的來，讓該去的去。

畢竟一切的一切，都只是過程中的過程。

# 他變了

你覺得他變了，變得陌生，變得無情，變得你不能了解。

是的，他是變了，因為以前的他，是那個時空的他，而現在的他，是這個時空的他。兩個他本來就不是同一個他。

就像現在的你也不是從前的你。時間與空間的種種情境不斷在變，人的感覺與想法又怎會不變？

因此，何必以過去那個時空的他的標準來要求現在的他呢？一如你也不必以從前的標準來要求現在的自己。

# 愛情請勿過量

一杯香醇溫熱的咖啡，像一道小小的溫泉，流過你的喉間，昂揚你的精神。

但是太多杯的咖啡，卻像一條來勢洶洶的洪水，漫渙你的額頭，讓你目眩，讓你頭疼。

咖啡要喝得恰到好處，就不能過量。

你的愛情也像咖啡一樣，若要愛得恰到好處，也不能過量。

愛情，應該是讓你感到喜悅、甜美與豐盈，能昂揚你的精神。

愛情如果讓你感到的是強烈的掌控、嫉妒與佔有，只是使你目眩與頭疼，那麼，即是你應該暫時放下這杯愛情咖啡的時候了。

# 優美的眷戀

你對他有很深很深的眷戀，但他並不在你的身邊，你甚至不知道你和他此生是否能再相見。

如果對往昔的眷戀讓你有了很深很深的痛苦，你只能試著讓自己從痛苦中飛升，以一種優美的方式去想念。

想像他就在你的身邊，感謝他曾經讓你經歷的一切，並且相信他明白你所有渴望對他傾訴的語言。

你應該從這優美的眷戀裡汲取能量，而不是任由痛苦的想念耗損了能量。

親愛的，當你的能量充沛如流水，你的心念就會水到渠成地實現。

# 愛與不愛都不要失去了自己

如果實在無以為繼，就別再眷戀這個僵局。

與其陷溺於兩個人的荒涼，不如享受一個人的清靜。

緣分曾經把你和他牽在一起，時間到了卻也注定分離。

人生難免悲歡離合，讓該改變的改變，讓該發生的發生，你不過是佇立在時間的長河邊看著歲月流離的倒影。

相處是學習，分手是勇氣，愛與不愛都不要失去了自己。

# 人的一生
# 就是向自己走去的過程

曾經，你一心一意地以為，一定有某個人在某個地方等著你。因為你是如此相信，所以才能毫不猶豫地向前走去。

走吧，走吧。走過了繁花遍地，也走過了山窮水盡，你停下腳步，回顧所來徑，忽然明白了這一路走來的道理。

你曾經分別遇見了幾個人，並分別與他們同行了一段路程，但人生的岔路也使你不得不一一與他們分道揚鑣。

即使是此刻，陪在你身旁的那個人，也不知道什麼時候會與你各奔前程。

沒有誰可以與你同行到終點，除了你自己。

是的，親愛的，人的一生就是向自己走去的過程。

走吧，走吧。你站在生命的曠野之中，回顧所來徑，然後繼續毫不猶豫地向前方走去。

# 你必須愛他愛得很自由

所有的牽掛、依賴、控制、嫉妒、擔憂和佔有，不過是無形的繩索；繩索的這一端是惴惴不安、患得患失的你，繩索的那一端呢？愛不是把對方據為己有，否則他不過只是你愛的囚犯。愛，應該是一只天空裡的風箏，一旦斷了線，你只能微笑地看著它飄飛遠走。

親愛的，你要記得，愛一個人，隨時都是開始，也隨時都是結束。

親愛的，你還要知道，你必須愛他愛得很自由，否則你就是綑綁了他，也纏縛了自己的雙手。

# 流星雨

你和他曾經有過一段很美的關係，美得就像下過一場流星雨。

在你們相處的那段時間裡，彼此的心靈不斷地盪出火花，恰似流星雨不斷地迸出光芒。

然後你們分離。然後你們相遇。然後你們分離再相遇。

在時光的長河裡，你們各有各的變化與遭遇。

許多年過去之後，也許青春不再，也許人事已非，但你依然記得那場流星雨，記得那一夜的天空與天空下的你們。

於是你在時光的長河邊默然佇立，感覺心底彷彿有微笑一朵一朵地綻放開來，一如多年以前，流星曾經一顆一顆地劃過那一夜的天空。

# 從南極到北極

世界上最遙遠的距離，不是從南極到北極，而是你曾經深愛的那個人，無感於你心中那份因愛而生的孤寂。

如果百般委屈仍不能求全，如果呼喊了千萬遍依然得不到回應，那麼聰明的你當知道，是該走開的時候了。

就算那個人再出類拔萃，只要他對你不知珍惜，他就對你沒意義；否則你對他的好，只是一再被轉化為他對你的傷害。

沒有任何人值得你愛得那樣眉目不揚，狼狽萬狀。

除非把地球壓扁，南極和北極永遠不可能相遇，那麼聰明的你當知道，與其以此極追逐彼極，不如寧可一個人面對孤寂。

# 第二次離別

離別之後，你常常想，如果有一天，與他重逢會是什麼模樣……時光如流水逝去，終於有一天，你與他偶然再見。然而你卻驚訝地發現，過去曾經假想的種種畫面，都沒有發生。

你們只是平靜地交換了一個照面，然後，再次離別。

在這一刻，你總算恍然大悟，原來你和他只是在以前的那齣人生大戲裡分別飾演了兩個角色，戲演完了，所有的交會也就完了。但戲結束了，人生並沒有結束。他必須投入他的下一齣戲，與另一個人演出對手戲，而你也有你必須奔赴的舞台。

得到領悟的第二次離別，才是真正的離別。從此之後，你知道自己將不會再把他放在心上。

輕輕抹去他殘存的身影，你的心裡一片清明。因為這第二次離別，過往的一切才是真正的逝水如斯了。

# 候鳥與青鳥

你總是想找個人來愛你，可是你也總是不斷地擁有然後又失去。

愛情像是某種季節裡的候鳥，乘著作夢的翅膀來，再乘著夢醒的翅膀去。

在愛情的來去之間，你該如何安頓自己？

有人愛的時候，你知道自己正被某個你所珍重的人珍重著，所以整個世界一片光亮。那麼，沒人愛的時候呢？

親愛的，不要因為愛情離開了你，就以為生命裡其他的美好也隨之而去，你的價值並不在於身邊是否有人陪伴而決定。

唯有更加倍珍重自己，真正的幸福感才會像青鳥一樣，翩然來臨。

# 你就是自己真正的歸屬

有人告訴你，一個快樂的人，是有愛與歸屬的人。

於是你的心靈長途跋涉，你的眼睛望穿秋水，你一直在尋找一個能與你相愛、並且讓你有歸屬之感的生命伴侶。

可是你在這樣的尋找過程裡也不斷地傷心失望，你發現你總是錯愛了對象，總是在繞了一大圈之後，才知道一切只是幻夢一場。

親愛的，不要以愛的結果來論定對錯，因為愛的本身在過程裡就已經完成。

親愛的，也不要把歸屬寄託在任何人身上，畢竟每一個人都充滿了變數，今日與你同行的那人明日可能就不得不與你道別。

而你不必感到悲傷，因為你就是自己真正的歸屬，就是自己永恆的家，在他人紛紛離去的時候，你還是安於自己所在的當下。

所愛可以無限，歸屬只有唯一。這才是快樂的心法。

# 愛情只有過程

有人問你，面對愛情，你覺得過程重要還是結果重要？

這個問題好像有點奇怪，因為，愛情有結果嗎？

如果愛情的結果是婚姻，而結果的意義又代表完全靜止，那麼，難道結婚之後愛情就離開了嗎？

即使分手也不是結果啊，因為對方的身影仍在你的記憶裡，想起他的時候，你的心依然如風中柳絮，偶爾輕搖不定。

所以，愛情只有過程，哪有結果呢？

其他種種不也如此？當好事發生，你就在好過的過程裡；當壞事發生，你則在難過的過程裡。

因此，親愛的，你又何必執著於現在的快樂或悲傷？讓該來的來，讓該去的去，畢竟一切的一切，都只是過程中的過程。

# 使你寂寞的並不是他

他離你很遠，你們之間的距離比地球到月亮的距離還幽長。每次想起他，你就有難以言喻的寂寞，而你又幾乎無時無刻不想著他，所以你無時無刻都感覺到寂寞。

寂寞使你心裡裂出一個大洞。

可是親愛的，你究竟是執著於那個人，還是執著於自己的空洞？那個人以一種不存在的方式在你的心裡存在著，使你自己的存在萎縮得彷彿不存在了。

所以你失魂落魄，像一縷輕煙一樣地飄飄蕩蕩。

可是親愛的，使你寂寞的並不是那個人，而是「只有他能把我從寂寞之中拯救出來」這樣的想法。

所以，遠離這樣的想法，別再執著於自己的空洞吧。那個人早已遠去，現在的你只有你自己。

# 相聚是偶然，離別是必然

那隻蝴蝶繞著那朵花兒飛，花兒領受著蝴蝶的眷愛。你看見了一幅甜蜜的畫面。

但是花兒有開也有謝，蝴蝶飛去又飛來。你看見了一幅無常的畫面。

他愛著你，但他並不屬於你。他只屬於他自己。

你愛著他，但你並不屬於他。你只屬於你自己。

這個世界上本來就沒有誰會屬於誰，相聚是偶然，離別是必然。

你同時看見了一幅聚散的畫面。

終究你是你而他是他，就像蝴蝶是蝴蝶而花是花。

# 讓過去過去吧

過去像是一部放映了千百次的老電影，電影院裡早已曲終人散，只有你一個人還戀戀不捨離去。

因此你不關心電影院外大雨下了、陽光淡了，不關心夜晚過了、白晝來了，不關心春花開了，秋葉落了。你只是坐在原來的位子上，沒日沒夜沒四季地看著過去那部老電影。

可是親愛的，你發現了嗎？那些曾經是喜劇的畫面，早已在你心裡反覆琢磨成陳舊的悲劇。

過去都是幻影。把那些因為放映了千百次而破損不堪的膠捲留在原地，讓過去過去，走出電影院吧。

牆外沒有令你落淚的舊日情節，只有清新的陽光和風雨，悠悠的日夜與四季。

# 你是你的世界裡最重要的那個人

如果他已經開始讓你感到痛苦了，你為什麼還要緊抓著這份痛苦不放呢？

如果他對你的解讀全盤皆錯，你為什麼還要任他繼續傷害你呢？你的堅持，是為了愛他，還是只是不甘心？

若是為了愛他，那麼你就不夠愛自己。

若是為了不甘心，那麼你將只是累積更多的挫折而已。

親愛的，你是你的世界裡最重要的那個人，讓自己快樂是你最重要的責任。

至於那個讓你感到痛苦的人，把他發配到記憶的邊疆去吧，別讓他成為你對自己的疑問。

# 交錯的光影

你看著電影，眼前那些悲歡離合令你感同身受，可是你心裡也有另一個清醒的聲音告訴自己：那並不是真實的存在，銀幕上其實空無一物，電影裡所有的人物不過是交錯的光影。

你看著由你主演的這齣戲，其中的起伏跌宕都是你千迴百折的心情，可是你心裡就像看電影那樣清楚：這並不是真實的存在，所有的愛恨情愁不過是倒映在人生底片裡，交錯的光影。

# 分離是靈魂的約定

對你來說，他曾經是十分重要的人，但是，後來他離開你了。你試圖挽留他的腳步，不成；你失控地向他哭喊，沒用；你把一顆血淋淋的心掏出來給他看，他說饒了我吧。

全世界都知道你很難過，但你究竟要這樣發狂到幾時？其實，親愛的，你弄錯了，不是他要離開你，而是你要他離開。因為他在你生命裡的階段性任務已經告一段落，現在是你要展開另一段旅程的時候，所以他非走不可。你的意識不知道這一點，你的深層意識卻很明白。

是你要他走的，這是你們靈魂的約定。

因此，祝福他吧，他也有他要展開的另一段旅程。

# 愛情是一種生命能量

你看起來有點沮喪。那是因為失戀了，你說。

剛剛結束一段感情，確實會令人失魂落魄，但這種感覺不能持續太久，那種痛苦的漩渦是個黑洞，只會拖著你不停下墜。

那麼，愛情究竟是個什麼東西呢？為什麼會讓人到達天堂，卻又墜入地獄？為什麼初期在快樂的巔峰舞蹈，末期卻又在險惡的海溝沉淪？為什麼愛人在交心的時候像個天使，分手的時候卻又像個惡魔？你問。

這就是愛情的本質啊——要享受天堂的歡樂，就要承擔地獄的苦刑。

這也就是愛情的面貌啊——以天使的形象出現，以惡魔的形象消失。

其實所謂愛情，只是一種生命能量，情投意合時產生的是正面的能量，情意不再時產生的是負面的能量。

所以聰明的你當知道，置身天堂時就全心全意投入，墜落地獄時就盡早抽身離去。

# 離開翹翹板

你看公園裡的那張翹翹板，總是要重量相當的兩個小孩才玩得起來，總是要一上一下才會有趣。

當其中一個小孩不想再玩的時候，另一個小孩也就玩不下去了。

而親愛的，那個人已經離開了你們感情的翹翹板，它已經失去了基本的平衡，就算你花再多力氣，只是獨自沉重地坐在地面上而已。

那麼，你也只有離開這座翹翹板了。

人必須適度地無情。當別人對這份感情已經無心再續，你也就別再投入多餘的力氣。

不過是一座翹翹板而已，這個公園裡還有許多其他有趣的東西。

你看，那裡有一座鞦韆。去吧，去體會一個人來來回回的自由，去感覺一個人上上下下的快樂。

# 真正愛過就是一種完成

要如何確定一段情感是否應該繼續下去，也許就是看看你喜不喜歡和那個人在一起時的你自己。

如果對方已經讓你開始對自我價值感到懷疑，那麼就是該向他道別的時候。

感情的付出無法回收，也無須回收，因為真正愛過就是一種完成。

重要的是，在這樣的過程裡，你是不是曾經迷失了自己？

愛要有愛的勇氣，離開也要有離開的清明。

# 愉快地隨波逐流吧

你和他像是大海裡的兩朵浪花，因為不可抗拒的波動而推向彼此。也是因為這股不可抗拒的波動，你們後來又離開了對方。

注定會遇見的人，注定會發生的事，全部都已經寫在宇宙的藍圖裡了。而且，這一切的設計，都是為了讓你學習愛的課題。

那麼，親愛的，就信任這股不可抗拒的力量，愉快地隨波逐流吧，當你與他之間完成了，還會有下一波愛的浪潮等著你。

# 當愛情離開了你們

正因為萬事萬物移動的本質，
所以那些美好才會來到你身邊。
既然你曾經帶著微笑看著它們來到，
那麼也就帶著微笑祝福它們遠走吧。

# 人生沒有彩排

總有一些片段一些畫面，是你一想到就要掉淚的。

因為這樣的傷感，你多麼希望時光能倒流，好讓你再經驗那樁事件一次，修補過去的遺憾。

可是人生沒有彩排，就像墜落的秋葉無法再掛上樹梢，釀成的春酒也無法再回到葡萄。

所以親愛的，請你一定一定要告訴自己：在那樁事件發生的當下，你已經做了當時你唯一能做的選擇。

時光不能倒流，而你只能繼續向前走。也請你一定一定要告訴自己：走過這段幽暗峽谷，前方就是那片青翠草原。

# 懂得無常，才懂得相逢與別離

每一次相逢，你都以為是永久。

每一回付出感情，你都以為應該得到一樣多、甚至更多的回報。

但總是事與願違，於是你心灰意冷，抱怨這個世界虧欠你，哀嘆生命對你不公平。

可是親愛的，地球上的萬事萬物從來不可能永恆不變，即使是沉睡了億萬年的南極冰塊，終有一天也將隨著溫室效應而融化於大海，造成全球海平面的上升。地球都如此了，何況是變化莫測的際遇與人心？

人與人之間的相逢是偶然，離別才是必然。

付出感情是自身的人生試題，而不是對方必須交回的考卷。

懂得無常以後，才會懂得相逢與別離。

別離之後，也只有橋歸橋，路歸路而已。

# 失去，其實也是一種得到

有一個夜晚，你翻來覆去，無論如何就是睡不著。

用盡各種方法催睡，卻仍然無法進入夢鄉之後，你乾脆披衣而起，到陽台上去轉換一下焦躁的心情。

因此，你才能看見那天夜裡，天空裡閃爍的星群，才能聽見不知從何處傳來的蟲鳴，你甚至聞到了只有在最深最深的夜裡才會泛出的露水冷香。

你靜靜站著，感覺有一股清清如水的喜悅從你的內心泉湧而出。

啊，如果不是因為失眠，你怎麼會與這個美好的夜相遇？

於是你忽然明白了，失去，其實也可以是一種得到。

得失之間，全看你以什麼樣的心境去體會——如果你在意的是失去，你就只有失去；如果你看見的是得到，你就真的得到。

# 在夢裡作夢

你在夢裡睡著了，而且作了一個夢裡的夢。
然後你醒來，彷彿是從另一場人生裡醒來。
親愛的，來自宇宙的神秘力量正在啟示你：你以為的現實人生，其實也不過只是另一場夢境而已。
因為只是夢，所以你的癡心可能只是妄想，你的認真或許只是執著。
親愛的，不必太和自己計較了，太癡心或太認真往往只是和自己過不去。
夢是一瞬，也是一生。
一生是夢，也是一瞬。

# 你的價值靠你自己去創造

你看起來眼神渙散，彷彿出門前忘了攜帶你的靈魂同行。

愛人離開了，你就不知道自己是誰了。你說。

不被愛了，你就覺得自己很沒價值了。你又說。

如果把自己的價值建立在別人的肯定之上，你當然不會知道你是誰。

如果心甘情願被無常的愛情所控制，你當然會覺得自己沒價值。

你的價值不是別人給你的，只能靠你自己去創造，這包括兩部分——對外處理事務與人際關係的能力，以及對內提升心靈能量的能力。這種創造自我價值對於你的重要，就像天空之於飛鳥，海洋之於魚群一樣重要。

想要被別人愛之前，先做一個有能量的人吧。

想要去愛別人之前，先讓自己有愛人的能力吧。

親愛的，這才是你真正的價值。

# 感謝他離開了你

他離開你的時候，你以為全世界都遺棄了你。

他對你關上門的時候，你以為全世界都對你關上了窗。

你失魂落魄了好長一段時間，周圍的一切都模糊，只有心裡的那個傷口因為劇痛而清楚。

你不斷地想這種日子是再也熬不下去了，前方看不見你期待的人，身後的舊事卻像一個陰魂不散的幽靈一樣緊跟著你，讓你舉步維艱。

就這樣，一天又過一天，全世界都知道你正在失戀。

然後某日，你以為真的已經走到山窮水盡，卻忽然看見一個遼闊的平原，平原上芳草鮮美，落英繽紛。

你感到無限的自由輕鬆，你甚至開始感謝他離開了你，不然你怎麼會發現這片美好的風景？

# 不要因為一片烏雲而否定整片天空

世界上最艱難的事情之一，是在愛裡受過很深很深的傷之後，還能擁有愛的勇氣。

你曾經遇見不懂善待你的人，你說你好想用立可白將那一段不堪回首的歲月塗掉，但願它從來不曾發生。

親愛的，不要因為一片烏雲而否定整片天空。不要因為過去的一個人就失去了對整個未來的信任。

只要用心對待過一份感情，無論結局如何，對你自己來說就是一種完成。有這樣的認知，就會保有愛的勇氣。

# 找回從前的自己

一份感情結束的時候為什麼會令你那樣難過呢？是因為你失去了一個人嗎？

不，你並沒有失去誰，而是得到了一種恐懼。

恐懼自己可能會被寂寞淹沒。恐懼自己往後不知該如何走下去。恐懼自己恐怕會因此失去了對人的信任和給愛的能力。

但是，在他來之前，你就已是一個單獨的個體，在他去之後，

你也只是回到原先那種單獨的狀態而已。

他走了，但你還在這裡。

不，你並沒有失去誰，在這種時候，親愛的，你只是要找回從前的自己。

# 放下了他，你才能放過自己

每天早晨醒來後，第一個湧入你心中的意識，依然是那個人的身影。都已經是那麼久以前的事了，為什麼還是放不下他？你真不明白自己。

放不下，表示你對他還有期待。雖然他早已在你的生活裡銷聲匿跡，你卻還在期待他會忽然出現，對你說一聲舊情難忘的「我愛你」，或是一句歉意深重的「對不起」。

親愛的，別再繼續這樣虛妄的期待了，他已經遠去十萬八千里。也許你還念念不忘著他，他的意識裡卻早已不再有你。

唯有放下了他，你才能放過自己。

把他留在昨天，和昨天的你在一起；至於從今以後，他歸他，你歸你。

# 繼續思索那段感情沒有任何意義

對於逝去的那段感情，你一直放在心裡，你說你無法忘記他曾經那樣傷害過你。

親愛的，也許你不能原諒的不是他，而是你自己。

你不能原諒自己當初為什麼和他在一起，又不能原諒最後為什麼任他那樣濫用你對他的情意，還不能原諒直到如今仍然讓他虛幻的身影困擾你的情緒。

歸根結柢，你不能原諒的對象，其實是自己。

他已經是你生命裡的過去，如果你一直放不下他，就只是折磨了現在的自己而已。

他和你的未來不會再有關係，繼續思索那段感情沒有任何意義。

下一個他早已在無限的可能裡等待著你，前提是，你必須釋放過去，原諒自己。

# 去了的會再回來

愛情結束了，你感到強烈的苦楚。

你苦楚於美好時光的不再，也苦楚於愛情由正面反轉為負面之後的不堪。

所以你問，愛情會死亡嗎？

親愛的，就像春花秋葉一樣，愛情既然是心靈的有機物，當然也會凋萎。

從繽紛燦爛到蕭索寂滅，照見了萬物有時，愛情也有時。

然而，親愛的，也像春花秋葉年年會再回來一樣，愛情既然有心靈作為滋養，當然也會再生。

從蕭索寂滅到繽紛燦爛，一切都是生死輪迴的必然，愛情亦然。

# 回顧

結束的時候，也是開始的時候。
準備告別的時候，也是等待再見的時候。
從這個夢裡醒來的時候，也是進入下一個夢境的時候。
回顧的時候，也是瞭望的時候。
夜色最深的時候，也是轉向黎明的時候。
在目送舊的它遠走的時候，也是迎接新的它來臨的時候。

# 有他和沒有他

有他的時候，你是喜悅的。
沒有他的時候，你也是喜悅的。
你和他的相遇，是磁場的吸引，情感的共振。
你和他的別離，是靈魂的約定，放下的學習。
有他的時候，你是愛他的。
沒有他的時候，你也是愛他的。

感謝你和他的相遇。茫茫人海中竟然遇見了彼此，同行了一段，這是多麼珍貴的恩寵，多麼難得的幸運。

感謝你和他的別離。此後踽踽獨行的人生小徑上，愛的回憶將是你手中的提燈，把前方的路一步步照亮。

# 清爽

每天早晨醒來時，你總是會把床被整理得乾乾淨淨，準備下一場睡夢的來臨。

每次吃完飯之後，你總是會把碗盤清洗得乾乾淨淨，準備下一回用餐的來臨。

在清爽之中，你享受生活裡的每一個細節。怡人的心境，需要時時抹去歲月堆積的塵埃。

那麼，親愛的，當你結束這一段戀情之後，也要把所有的執著與傷悲清除得乾乾淨淨，才能迎接下一個人的來臨。

# 緣分都是注定的

因為遺失了那個心愛的東西，你傷感至極。

你懷念著曾經擁有它的時光，並且遺憾著不再擁有它的歲月。你知道它的來歷，卻已不知它的去向。

失去的滋味不好品嘗，你悔恨著自己如此粗心大意，才會造成這般過錯。

其實，你知道嗎？並不是你遺失了它，而是時間到了，它必須離開你了。

人也好，物也好，再喜歡的人，再心愛的東西，與你之間的緣分都是注定的。

沒有一個人可以陪伴你到永久，也沒有一樣東西可以永遠為你所擁有。一切的相遇，都只是一生中的一段時光。

所以，當它來的時候，就歡歡喜喜地讓它來；當它去的時候，也只能心平氣和地讓它去。

# 都過去了

你以為你已經走出了那件事的陰影，可是一個小小的提醒，竟然再度令你觸景傷情。

你的心在瞬間墜入暗無天日的枯井，所有不堪回首的往事又在你的腦海裡殘酷地重演。

嗯，偶爾痛痛快快大哭一場是好的，這樣可以清除累積在你體內的負面能量，但是哭過之後請你大聲地告訴自己：都過去了，都過去了，一切都忘了。

親愛的，別讓那件事捲土重來折磨自己。

都過去了。你不再記得昨日，也不想知道明日。

都過去了。與其苦苦思索昨天，不如好好度過今天。

# 遺忘了記得

你說，寧可因為遺忘一個人而平靜，不要因為記得一個人而痛苦。

可是，如果遺忘是如此輕易的事，這世界上也就不會有痛苦了。

你又說。

曾經愛過的那個人雖然已經淡出了你的生活，他的身影卻在你的心中默默地加深。你過著一個人的日子，竟彷彿背負著另一個人般地沉重。

其實，親愛的，只要你不刻意遺忘，也就不會刻意記得。

因為，每當你告訴自己該遺忘的時候，反而是在提醒自己去記得。這是心靈的反作用力。

所以從容地讓他的身影在你心中出沒就好，不必急著把他趕走。

只要你靜靜地看著他到來，那麼他也就會靜靜地離去。

# 不能留戀

為了一杯咖啡，你在大街與小巷之間穿梭，尋找一間讓你心動的咖啡館。

你因此毫不遲疑地走過了許多不吸引你的窗戶，也不曾理會那些主動對你敞開的門扉。你在雨絲與陽光之下走著，堅持找到你夢想中的那間咖啡館。你知道只要一直走下去，就會與它在某個轉角相遇。

而你畢竟是發現了它，並且走了進去，喝了一杯你想望已久的咖啡。它正如你先前所期待的那樣美好，像一道美麗的溫泉，流過了你的喉間，撫慰了你的嘴唇。

任何值得擁有的，就值得尋找，以及等待。

然後，你起身，離去，知道自己不能留戀。

不過是一杯咖啡罷了。品嘗過了，就該放下那只雖然美麗但已空蕩蕩的杯子了。就算你一再地續杯，最後也是傷了你的胃。

所以，親愛的，對於那段感情，亦是如此啊。不過是一段過程罷了。時間到了，就該放下那個依然可愛但已與你分道揚鑣的人了。

# 微笑去想念

你是陶醉過的，只是時間過去了。

他是愛過你的，只是狀況不同了。

你們是快樂過的，只是一切都成為往事了。

時已過，境已遷。親愛的，請用微笑而不是用淚水去想念。

讓該改變的改變，該發生的發生，這本來就是一個流動的世界。

所有的美好在它發生的當下就已經完成，而且也已經永遠停格在那個瞬間。

所以，微笑去想念，既然你曾經感謝花開，那麼也該以同樣的心情感謝花謝。

# 真愛必然永恆

如果愛是一種真實，那麼只要真正愛過，愛就永遠不會消失。

如果愛會隨著時空的轉移而異變，甚至不見，那麼這樣的愛只是一種幻覺，並不真實存在。

所以，親愛的，不要因為他的離去而悲傷。

若是他真正愛過你，那麼無論此刻與往後他在哪裡，那份愛都已成為一顆璀璨的鑽石，它的光芒將時時刻刻照耀著你。

若是他不曾真正愛過你，那麼無論此刻與往後他在哪裡，你和他也不過是曾經一起作了一場絢爛卻虛幻的夢；夢醒之後，生命無所增也無所減，依然他的歸他，你的歸你。

# 愛即自由

你一定聽過這句話，可是你真的了解它的意義嗎？

愛不是佔有，而是自由；因為愛裡不該有恐懼，所以擔憂別人有一天可能離開你的那種感覺不是愛，只是恐懼。一個心懷恐懼的人不會懂得愛，而且你的恐懼將累積負面的能量，你愈恐懼的事愈會發生。

因此，真正的愛不僅是釋放對方，祝福他自由發展生命的旅程，更重要的是釋放自己，清除內在種種負面的情緒。

愛，是讓彼此自由。

因為你愛他，所以讓他自由。

因為他不愛你了，所以感謝他讓你自由。

# 感謝與感傷

許多年後想起他，你還是有著淡淡的感傷。

一開始的美好，在最後的階段變了樣，那並不是你想要的結果，最終卻還是在流不盡的淚水裡成為讓你心痛的過往。

你說，若早知道是這樣，寧可從來不曾認識他。

親愛的，人與人之間的緣分沒有偶然，相遇與分離皆是注定，而所有的聚散，都是為了學習。

如果你覺得受了傷，你要學習原諒。

如果你感到有遺憾，你要學習放下。

畢竟，是他讓你對人生有更深刻的體悟，也是他讓你不得不更美麗也更堅強。

若是有一天，你可以用微笑的表情想起他，你就能明白，這一切有多麼值得感謝，而不再只有感傷。

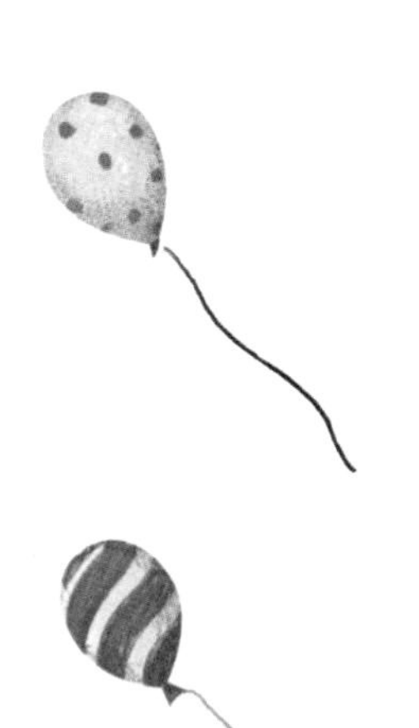

# 從愛的受傷裡汲取自我修復的能量

你並沒有你以為的那樣堅強。也許在人前你總是笑語如花，但在日復一日的深夜裡，你也總是不得不面對心底巨大的哀傷。

勇敢地承認自己曾經被愛所傷，這是自我修復的第一步。

你也沒有你以為的那樣脆弱。也許被愛所傷的你經歷了靈魂的暗夜，但也只有最深的夜晚才能凝結最晶瑩的露水，相互照見閃閃爍爍的星光。

能夠感覺自己的愛，也感覺自己的受傷，這是一種幸福，證明人生沒有白過。

但是，親愛的，不要只是被愛所傷，而要從愛的受傷裡汲取自我修復的能量。

# 恨比愛更不容易

當他離去之後，你恨了他很長的一段時間。

因為你以為，恨一個已經離開的人，比繼續愛一個再也愛不到的人，容易多了。

但是你後來才發現，為了維持這樣的恨意，你耗損了太多的力氣。

你否定過去的甜蜜，攻擊美好的回憶，你讓毒素漸漸腐蝕心靈。最後，你把自己弄得好累好累。

於是你恍然大悟——原來恨比愛更不容易。

要經過這一番自我曲折，你才能徹底明白，緣分盡了就是盡了，他已經走開了，你也該想開了。

曾經的曾經，無論如何千迴百轉，後來的後來，都會成為雲淡風輕。

# 重生

## 當你又回到自己一個人

你感謝所有的發生，也原諒一切的缺憾。
你告別了一個曾經同行的伴侶，
卻得到了一個更美好的自己。

# 成為獨一無二的自己

曾經，你追尋著一份獨一無二的愛情，你相信那個人必定是你此生的靈魂伴侶。

你在其中經歷了種種甜美的創造，卻也體驗了種種苦澀的幻滅。

如今，你與他之間的學習已經完成，接下來就是你和你自己的課題了。

親愛的，這將是一個蛻變的過程。

蛻變當然是痛苦的，但也只有經過化蛹為蝶，你才能重生，才會飛翔，才是一個真正自由曠達的生命。

曾經，你渴望著成為某個人獨一無二的靈魂伴侶，如今，你只希望成為獨一無二的你自己。

# 從此以後

這個故事已經結束了，你的部分也已經完成了，往後的一切就交給雲影去安排、清風去發落。在那些狂喜與狂悲串連的時光裡，你說你從來不曾愛一個人愛到如此深刻的地步，可是，你也不曾愛一個人愛得如此孤獨。

而如今，你像一艘小舟，在經歷了前面那一段險湍急流之後，來到芳草鮮美之處，有一種落英繽紛之感。

輕舟已過萬重山，你沒有任何遺憾，因為你是真的深深愛過了。

此後，天地悠悠，不再有纏繞和牽絆，只有平緩的水流，無盡的優游。

# 只能釋然

因為某些原因，你和他不得不互道再見，從此不再連絡。不再連絡，並不等於不再想念。總在感覺微風揚起你的髮絲或是看見蒲公英的飛絮飄向遠方的時候，你會特別清晰地憶起他的身影。

多年以後，你又撥了那個曾經熟悉的電話號碼，並且在他的答錄機裡留言。你別無他想，只是問他好不好？

但你始終沒有等到他的回音。

你也許覺得失望，但你更應該感到釋然。經過了這些年，很可能你們彼此都會悵惘於對方的改變。如果再見只是看見彼此的陌生與漠然，那麼，何必再見？

所以，沒有回音或許就是最好的回音。

時移事往，親愛的，你只能把一切的愛怨留給從前。

TELEPHONE
TELEPHONE
TELEPHONE

# 也許你念念不忘的並不是他

你忽然想起那個很久不見的朋友。他好嗎？他現在在哪裡？他如今是什麼模樣？他還記得你嗎？

那時的他曾經令你那樣的心動，以至於你後來對每一樁感情的追尋，都隱藏著他的幻影。

其實你和他說不定曾經在某條路上擦肩而過，只是你沒有發現那就是他，你的心裡不曾因為這無心的重逢產生任何漣漪。

也許他終究只是一個幻影。也許你念念不忘的並不是他，而是喜歡他的那個時期的青春無邪的你自己。

# 什麼是真的呢？

早晨，你醒來，發現窗外的世界有雨後的痕跡。你想，什麼時候下過一場雨？

就像昨夜，你真的作過那個夢嗎？

那麼，過往人生裡的種種歡樂苦痛，又是真實的存在過嗎？那些繾綣與別離，那些眼淚和甜蜜，那些華麗的詠歎調或哀傷的變奏曲一樣的時光，難道不是你曾作過的一個夢？或是昨夜下過的一場雨？

在這個有陽光的早晨，昨天以前顯得好虛幻，彷彿是別人的故事了。

此刻，你站在窗前，只覺得窗台上的盆栽綠意盎然，屋簷上有藍天無限，新的一日一切正新鮮。

# 愛情的榮枯法則

夏天對春天說，去吧。秋天對夏天說，去吧。冬天對秋天說，去吧。春天對冬天說，去吧。

沒有一個季節可以長駐，時候到了就要結束，春花夏雨，秋雲冬霜，向來有它一定的氣數。

人間的離合聚散也是這樣，世事總是跟著大自然的榮枯法則而走，從來沒有一種美麗與哀愁可以長留。

所以，親愛的，不必再放不下那個人了，感情的發生不過是春花夏雨，秋雲冬霜，有它必須開始也必須消失的節奏。

只是，親愛的，你也別忘了，正如冬天在秋天之後來臨，春天也將在冬天之後回頭，所以，曾經令你歡愉不已、魂縈夢牽的，總有一日也將去而復返。

這就是輪迴。

# 寂寞與孤獨

寂寞的時候，你的心裡總有許多此起彼落吵嚷不已的聲音。

孤獨的時候，你感覺到的則是好似深山裡的落花緩緩飄向湖心一般的寧靜。

寂寞是你的內在有所企求，渴望另一個人來填補生命的空洞。

孤獨是你明白人生的本質，懂得所有人與人的交會終將化為煙塵。

一樣都是獨處，只是寂寞是一種內在的喧嘩，而孤獨是一種安靜；因此你為寂寞時的自己感傷，卻享受著孤獨時的自己。

# 野薑花

有時候，你的心裡會忽然唱起一首歌，一首連結著你年少記憶的歌。你在心中唱著唱著，但你知道，年少的時光已經永遠過去了。

有時候，你的心裡會忽然想起一個人，一個過去讓你魂牽夢縈的人。你在心中想著想著，但你知道，過去的那人已經永遠過去了。

時光如水嘩啦啦地往前奔流，就算河岸的風景再美，一旦流過就永不回頭。

而你是水邊的一株野薑花，不論你曾經得到過什麼、失去過什麼、遭遇過什麼、離別過什麼，時光的水都會浸潤你的根莖、充實你的花葉，讓你泛出成熟含蓄的清香。

# 你就是自己永恆的愛人

你說，你想當他的愛人。

但是他說，他只能做你的朋友。

親愛的，請不要沉溺在感傷與失落的漩渦之中。

愛情是一時的，友情是長久的，而與愛情和友情比較起來，愛自己才是最重要的。如果你因為喜歡一個人而懷疑了自己，那麼這樣的情愫對你來說已經成了一種毒素，與其保留，寧可捨棄。

也許你曾經苦楚於一份得不到回應的愛情，但你後來將會發現，這份苦楚其實是對自己的愛的欠缺。

所以，你該做的是知道怎麼好好愛自己，讓自己趨於完整，而不是尋找一個人來填補你內在的空虛。

你就是你自己永恆的愛人，至於他，不過是偶然路過你的生命而已。

# 有愛的旅行

在這個世界上，最重要的一件事，就是好好愛自己。

好好愛自己，你的眼睛才能看見天空的美麗，耳朵才能聽見山水的清音。

好好愛自己，你才能體會所有美好的東西，所有的文字與音符才能像清泉一樣注入你的心靈。

好好愛自己，你才有愛人的能力，也才有讓別人愛上你的魅力。

而愛自己的第一步，就是切斷讓自己覺得黏膩的過去，以無沾無滯的輕快心情，大步走向前去。

愛自己的第二步，則是隨時保持孩子般的好奇，願意接受未知的指引；也隨時可以拋卻不再需要的行囊，一路雲淡風輕。

親愛的，你是天地之間獨一無二的旅人，在陽光與月光的交替之中瀟灑獨行。

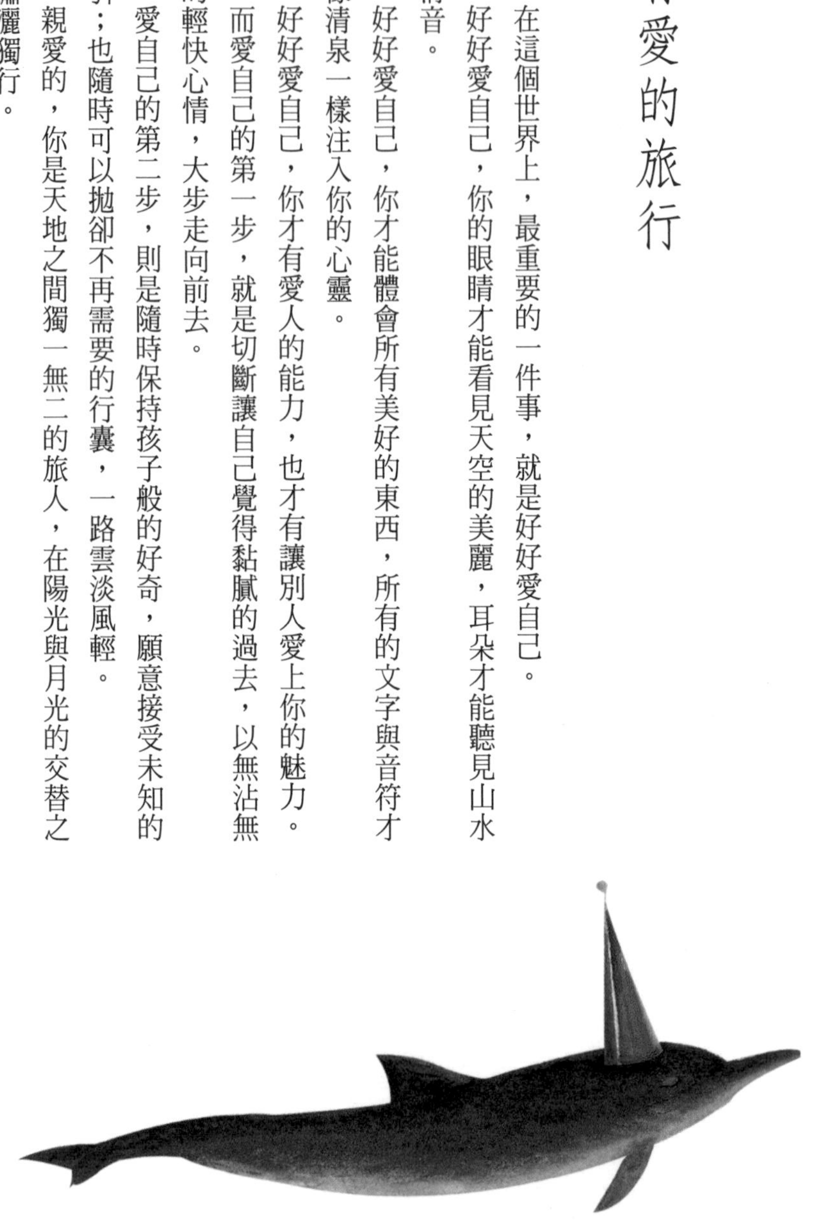

# 原來如此

總是要走過一段路，當你回顧所來之徑，看見那些曲折這些腳跡，才會恍然大悟，啊，原來如此。

總是要經歷一些事，當你回想所有變化，看見那些昨日這些今日，才會恍然大悟，啊，原來如此。

總是要受過一些傷，當你回憶苦痛心傷，看見那些淚水這些笑靨，才會恍然大悟，啊，原來如此。

原來如此，人生原來有著山窮水盡，人生原來也會柳暗花明。

# 昨日之鳥

昨日像是遠去的飛鳥，在空中不留痕跡。

也許昨日之鳥曾經遺落一枚鳥羽，被你拾起，收在記憶的盒子裡。但飛鳥畢竟遠去了，留下的只是零碎的飛絮。

親愛的，但願你有向昨日告別的勇氣，不再為了一段傷感的回憶而自我陷溺，也不會在一種煎熬的關係裡繼續夾纏不清。

昨日已遠。釋放了昨日，讓它飛去，明天的你才能得到真正的自由。

# 明日之夢

昨日是你作過的一場夢。

夢裡的你經驗了種種悲歡離合和所有的喜怒哀樂，它們曾經如此切身如此真實，但現在它們又在哪裡呢？

此刻，你回過身去凝望昨日，昨日已成海灘上的沙印，或是沙漠中的海市蜃樓，虛幻幽微，隨時都可能消逝在風中水中。昨日不過是夢的泡沫。

所以，無論現在的你置身何處，眼前是驚濤拍岸也好，是一望無際的荒漠也好，都請你告訴自己：去吧去吧，往明日走吧。

到了明日，今日就成了明日的夢。

# 花的再生

過去的你和他有過一段美麗的時光，那時曾經有一朵燦爛的花開在你的心上。

後來的你和他為了某個理由選擇讓彼此自由，那朵花從此萎謝在別離那一刻。

現在的你和他各自天涯，他不知道你的房間已經換了薄紗窗簾，你也不知道他是不是還愛穿藍色的襯衫。

但你始終沒有忘記他以及有他的那段時光，是因為經歷了那樣獨特的過往，所以你一個人走過黑夜的長廊，知道了成長，得到了靈魂的滋養。

於是你從心境的沃土裡再開出一朵花，和以前的那朵不一樣，卻有另一種美麗，一切都寬容一切都原諒，展露清淡的幽香。

# 時間的夢境

因為杜鵑想念著春天，所以曾經離去的春天又回來了。因為有花開就有花謝，所以曾經回來的春天又遠走了。

相聚然後離別，這是必然。離別然後相聚，這是偶然。而所有的必然與偶然，都是時間的夢境。

所以，親愛的，心平氣和地看待人間的聚散離合吧，只要有著花朵一般燦爛綻放的心境，那麼相聚與別離都是好的。人生一場，你不過是穿越了時間的夢境。

時間到了，就離去了。時間到了，又回來了。離去了卻沒有回來的，就當它是在時間的夢境裡消失的幻影。

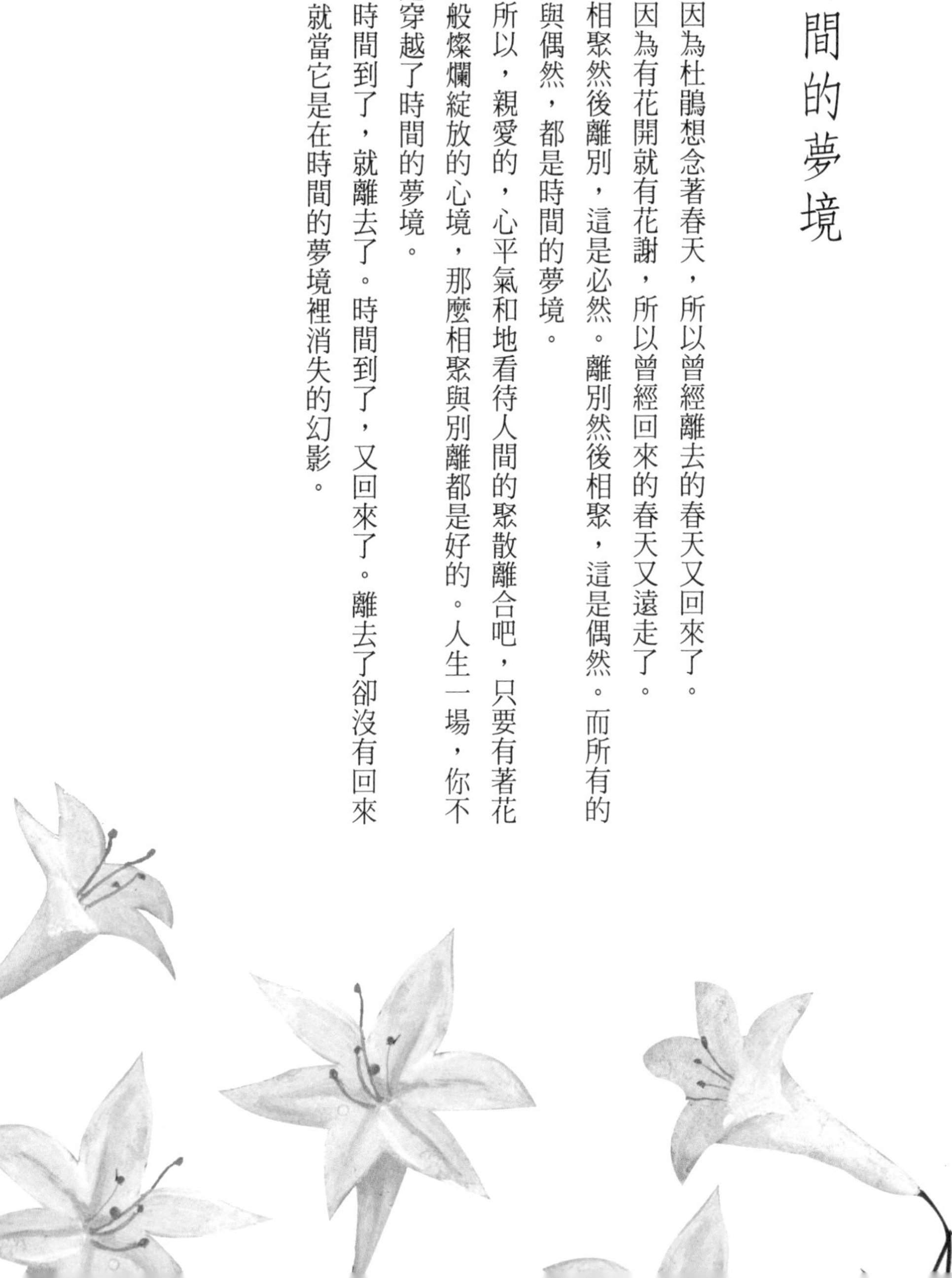

# 總會有陽光

連日的陰雨之後，終於出現了鑽石般珍貴的陽光。

你在陽光中醒來，彷彿是被天使的嘴唇輕輕吻醒一樣地驚喜。

啊，久違了，美麗的清晨的太陽。你抱著快要長出青苔的棉被出去好好曬一曬，也把快要長出青苔的自己好好曬一曬。

沐浴在陽光裡，你忽然感到懷疑，昨天以前困擾你的那件事，是真實的存在嗎？

沉滯的感覺總是在陰雨之中悄悄聚攏，在陽光之下靜靜消散。昨天的憂愁今天可能就不算什麼，同樣的，今天的悲傷或許明天就會消失。

一切無須擔心。人生不會永遠處於低潮，就像天空裡不會永遠掛滿雨滴。

# 寵愛

親愛的，你知道嗎？你是被寵愛的。

被藍天以及藍天之下的綠野寵愛，被海洋以及海洋之上的星空寵愛。每當你舉目瞭望這個包覆著你的世界，就會明白自己在這人間並非一個不明不白的存在。

平靜。和諧。你從一朵花裡可以看見整個天堂的縮影，從一粒沙中能夠想像整個宇宙的無限。你以溫柔的眼睛凝視著它們，一如天地萬物以溫柔的眼睛凝視你。

喜悅。自在。因為你是這樣充滿了愛，所以你隨時隨地都處於一種恩寵的狀態。

# 花開花謝

花開是好的，花謝也是好的；晴天是好的，雨天也是好的；日升是好的，日落也是好的；月圓是好的，月缺也是好的。

只要能含笑接受「人生原本就不完美」這個事實，那麼一切都是好的。

因為對你來說，所有曾經發生過的都是珍貴的生命經驗，所有你曾經歷過的每個片刻都是只此一次的人生印象，是這些經驗和印象促使你去思考存在的價值，修正你性格裡負面的陰影，讓你在不斷的思考與修正裡成為一個更完整的人。

所以，甜蜜是好的，悲傷也是好的；快樂是好的，痛苦也是好的；笑是好的，哭也是好的；愛是好的，不愛也是好的。

# 心底的月光

是這樣的月色，令你想起那段舊日時光。

那是你生命中十分輝煌的過往，因為那時的你被愛情隆重地加冕了。可那也是最令你心碎的回憶，因為後來的你竟是不得不在愛情的絕境裡流亡。

你是真的愛過痛過，真的哭過笑過。愛情給你繁華也給你荒涼。愛情使你嘗盡甜汁也使你飲夠苦液。愛情令你生也令你死。愛情讓你墜入地獄也讓你攀登天堂。

而如今，愛與恨都已化為煙塵，歡悅與激狂都已成為夢一般的過往。

那麼，他還好嗎？你凝視著皎潔的明月，衷心為他祈禱，希望他一切安好。

於是你發現，你依然愛著他，而這份愛，已被悠悠歲月漂染成你心底的月光。

# 傾聽自己內在的回聲

你的心裡從來不曾停止過呼喚。

呼喚一個人，一個能夠一生一世愛你的人。呼喚一份愛，一份有人值得你為他牽繫一生一世的愛。

你曾經以為這個人出現了，後來才發現這只是你的錯覺。你曾經期望著能把自己給予某個人，後來才明白那種期望的心情簡直是個誤會。

愛情本來就充滿了錯覺和誤會。

男女之間從來只在瞬間，一生一世是稀有的事。

每個人都有他該走的旅程，沒有誰應該與你相伴一生。

而且，不管你以為自己在呼喚誰，其實都是在呼喚你自己。當你在心裡呼喚著某個人的時候，其實只是站在你孤獨的山谷傾聽自己的回聲。

所以親愛的，與其把生命寄託在一份虛無縹緲的愛情之上，不如寄託在對自己的愛之上。與其呼喚一個虛無縹緲的人，不如呼喚自己的心。

# 愛與夢

你經過那些人那些事，像一艘紙摺船悠悠地滑過水面。那些正在發生或已經發生的人與事，不過是水面上流動的波光，以及靜止的蕩漾。

而你輕快地經過，什麼也不帶走，什麼也沒留下。不懸念任何人事，也不執著任何念頭，你只是一艘小小的紙摺船航行過人生的雲影天光。

船過水無痕，又有什麼是真正地發生？世界是遼闊的水面，夢與愛還在前方。

# 愛的旅程

從不可自拔的陷入，到飄飄欲飛的狂喜，再到神魂顛倒的迷亂，然後是失魂落魄的哀愁，再來是塵埃落定的清醒，最後是百感交集的平靜。

這是一趟愛的旅程。

在這趟旅程中，你曾經瞥見最美的天堂光影，也曾經飲夠地獄之泉的苦液；曾經流連忘返在燦爛的煙花小徑，也曾經輾轉徘徊於滿地落葉凋零。

無論如何，親愛的，這些都是過程而已。

是這些經驗讓你更明白了自己，更靠近了自己，更接納了自己，也更懂得了如何愛自己。這個過程很辛苦，但是很必須。

當你又回到一個人的狀態，並且回顧這趟愛的旅程時，你感覺到的是一種難以言喻的寧靜。縱使還有悵惘，也清淡得有如遠去的雲煙了。

如今，愛的旅人完成了愛的旅程，你感謝所有的發生，也原諒一切的缺憾。

你告別了一個曾經同行的伴侶，卻得到了一個更美好的自己。

國家圖書館出版品預行編目資料

一個人的快樂，兩個人的幸福：朵朵愛情小語 / 朵朵著. -- 初版. -- 臺北市：皇冠, 2016.01
面；公分. --（皇冠叢書；第4518種）(TEA TIME；5)
ISBN 978-957-33-3203-9(平裝)

855　　104026672

皇冠叢書第 4518 種
TEA TIME 05

# 一個人的快樂，兩個人的幸福
## 朵朵愛情小語

作　　者—朵朵
發 行 人—平雲
出版發行—皇冠文化出版有限公司
台北市敦化北路 120 巷 50 號
電話◎ 02-27168888
郵撥帳號◎ 15261516 號
皇冠出版社（香港）有限公司
香港上環文咸東街 50 號寶恒商業中心
23 樓 2301-3 室
電話◎ 2529-1778　傳真◎ 2527-0904
總 編 輯—龔橞甄
責任編輯—許婷婷
美術設計—程郁婷
著作完成日期— 2015 年 11 月
初版一刷日期— 2016 年 1 月

法律顧問—王惠光律師

讀者服務傳真專線◎ 02-27150507
電腦編號◎ 421005
ISBN ◎ 978-957-33-3203-9
Printed in Taiwan
本書定價◎新台幣 280 元 / 港幣 93 元